Merci Yves
de ton encouragement
Bonne lecture

**Romans du même auteur**

Disponibles sur Kindle et en format papier

*Autumn : Automne de sang,* récit vampirique,
tome 1 de 4, 2006


*La Kommandor,* récit de fantasy, 2008

# Madluck

*par*

## Gilbert Thiffault

les six brumes

Les personnages et les situations de ce récit étant purement fictifs,
toute ressemblance avec des personnes ou des situations existantes
ne saurait être que fortuite.

Les Six Brumes de la Société Secrète inc.
70, 7ᵉ Avenue Sud
Sherbrooke (Québec)
J1G 2M7
http://www.sixbrumes.com

Publié à Sherbrooke par Les Six Brumes
Imprimé à Sherbrooke par Marquis Imprimeur
Distribué au Québec par Prologue

Édition : Guillaume Houle
Direction littéraire : Luc Dagenais
Mise en page : Isabelle Renaud
Illustration de couverture : François Pierre Bernier
Révision : Chantal Houle

Photographie de l'auteur : Geneviève Joubert

Communications : Guillaume Houle
communications@sixbrumes.com

ISBN-13 : 978-2-923864-10-5

Dépôt légal : 3ᵉ trimestre 2013
Bibliothèque nationale du Québec
Bibliothèques et Archives Canada

Nous tenons à remercier le Seigneur des Brumes,
sir Francis Lachaine, ainsi que tous les défenseurs des littératures
de l'Imaginaire qui ont participé à la prévente du catalogue 2013
des éditions Les Six Brumes.

Nous tenons aussi à remercier notre collègue Marki St-Germain
pour les 12 années que nous avons pu passer à défendre
les littératures de l'Imaginaire à ses côtés.
Sans lui, rien de tout cela n'aurait été possible.
Merci Marki !

Les éditions Les Six Brumes de la Société Secrète inc.
bénéficient des programmes d'aide à l'édition de la Société
de développement des entreprisesculturelles du Québec (SODEC)

Gouvernement du Québec — Programme de crédit d'impôt pour
l'édition de livres — Gestion SODEC

# Chapitre 1

La Indian 1925 pétaradait ses trente-quatre chevaux, soulevant un nuage de poussière sur son passage. Le pilote la guidait sur une route secondaire, protégé d'un casque en cuir, de lunettes d'aviateur ainsi que d'un bandana lui couvrant le nez et la bouche. La bâche du side-car, qui recouvrait ses maigres possessions, se gonflait légèrement sous la bourrasque de vent créée par la vitesse.

D.A. Madluck balayait du regard le paysage que les kilomètres faisaient apparaître devant ses yeux : des champs vallonnés, des boisés et des bestiaux de ferme ici et là, paissant paresseusement l'herbe haute ou courant se mettre à l'abri, surpris par l'apparition de cette machine bruyante.

Un panneau lui signala que sa destination était à cinq milles. Le motocycliste ralentit et s'arrêta sur le bas-côté de la route. Alors que la poussière retombait tout autour de lui, il prit quelques instants pour réfléchir. Ils avaient roulé sans s'arrêter toute la journée. Lui avait soif, sa moto avait soif, et tous deux avaient besoin d'un nettoyage en règle et de repos. Malgré la fatigue, son esprit était en alerte, et ses muscles étaient raides.

Devant comme derrière, le paysage était le même : rural et boisé. Un autre coin reculé de tout où rien ne laissait présager quoi que ce soit de suspect. Un autre coin d'où vous pouviez disparaître sans laisser de trace. Il se pouvait bien que les sombres rumeurs de disparitions inexpliquées qui l'amenaient ici fussent fondées. Il espérait que toute la situation ne fût qu'un malentendu, mais quand on lui demandait à lui d'aller vérifier; c'était rarement le cas.

*** 

D.A. Madluck coupa le contact devant l'auberge locale et, comme un dormeur se réveillant, s'étira pour chasser l'ankylose de ses membres. Il retira son bandana, révélant une barbe de trois ou quatre jours. Les villageois attirés par le bruit de la moto s'agglutinèrent aux fenêtres pour observer l'étranger s'arrêter devant l'auberge locale.

Il s'assit en travers de sa selle, les jambes bien étendues, et se débarrassa de son casque et de ses lunettes. Il se ficha une cigarette entre les lèvres et l'alluma tout en balayant la rue du regard. Les vêtements et la peinture défraîchis par le soleil et les intempéries, recouverts de poussière et de sueur pour l'un et d'huile pour l'autre, l'homme et la machine allaient de pair. Se levant, D.A. se dépoussiéra en tapant sur ses jeans grisâtres et sa chemise, jadis vert olive, dont il roula les manches. Enlevant ses gants de cuir, il essaya de discipliner sa chevelure couleur rouille foncé, mouillée de sueur, avec peu de succès.

Il salua de la tête un client sortant de l'hôtel. Ce dernier le toisa et partit à ses affaires sans répondre. Le motard sourit à demi. Un autre village qui se méfie des étrangers... Ils ont souvent un secret à cacher. Et Madluck adorait les secrets. Le gaillard fit le tour de sa moto pour l'inspecter rapidement, puis se dirigea vers l'établissement. Trois personnes levèrent les yeux vers lui quand il passa la porte moustiquaire. Un mari et son épouse sirotaient chacun un Coke en partageant une frite ketchup, tandis que le tenancier se tenait appuyé derrière le comptoir. Ce dernier, qui le scrutait avec sérieux derrière ses lunettes, avait un teint cadavérique, et sa peau semblait luisante sous la lumière. Probablement un autre indice du pétrin dans lequel D.A. s'était vautré.

— Bonjour, monsieur. On commande au comptoir ou y'a le service ? Et est-ce qu'y a une chambre de libre ? demanda Madluck.

De ses yeux clairs, l'homme dans la cinquantaine le détailla de la tête aux pieds.

— Vous avez de l'argent ?

Le motard acquiesça, les yeux rivés à ceux du tenancier, qui dévia le regard, incapable de soutenir celui-ci plus longtemps.

— Prenez une place, je vous apporte la carte.

Une chambre avec ou sans service?

— La moins chère, tant que je peux prendre une douche.

— Ça s'arrange. Cathy, apporte la carte au monsieur et un verre d'eau.

Madluck se choisit une place à l'une des dix tables et s'assit de façon à avoir tous les accès dans son champ de vision. Un réflexe conditionné, devenu quasi inconscient, qui lui permettait de survivre d'un satané village à l'autre.

L'hôtel était bien tenu, et la section restaurant était éclairée par de larges fenêtres sur trois des quatre murs. Tapisserie à fleurs et boiseries foncées vernies, la décoration y était simple, un peu vieillotte, mais de bon goût. La prénommée Cathy se présenta à lui avec un grand sourire mal assuré. Les cheveux bruns au milieu du dos, elle lui parut sympathique.

— Z'arrivez de loin? demanda-t-elle en posant la carte et le verre.

— D'environ trois cents milles d'ici. Et vous? retourna Madluck en souriant.

— De la cuisine… C'est moi qui prépare la nourriture… lui répondit-elle timidement.

— Y'a sûrement rien de plus intéressant à faire dans ce patelin.

— Je ne vous le fais pas dire.

Attendant son assiette, Madluck examina le village à travers les vitres du restaurant. Au temps des voyages à cheval, une croisée de chemin, un « T » plus précisément, avait donné naissance à cette bourgade isolée. La trentaine de maisons en bois peint, chacune flanquée de sa grange ou son cabanon, était parsemée le long des deux rues principales. Plusieurs étaient de style boomtown, dont l'hôtel où il était hébergé. L'évolution industrielle depuis la Grande Guerre avait eu un impact minimal sur le développement de cette communauté. On y retrouvait, transformée en station-service avec essence, l'ancienne écurie des diligences.

La jeune femme revint avec le sandwich de rosbif et le 7up commandés par Madluck.

Devenue malhabile par sa timidité face à l'étranger, Cathy s'enfargea sur une patte de chaise. D.A. attrapa la bouteille qui quittait le plateau de service en direction du plancher.

— Vous avez d'excellents réflexes, m'sieur.

— Je n'ai pas vraiment le choix, je suis pilote, du moins, l'étais.

— Oui, j'ai vu votre moto…

— Pilote d'avion, miss, j'ai fait la guerre en Europe.

— Vous avez vu Paris ?

— J'ai vu la France, l'Allemagne et tout ce qui a autour.

— Wow ! J'aurais aimé voir tout ça ! Comment c'était là-bas ?

— Nous étions en guerre, miss. C'était plutôt ravagé, mais, aujourd'hui, après la reconstruction, ça doit être très joli.

Rêvassant, Cathy s'assit à la table sans s'en rendre compte, le questionnant sur ce qu'il avait vu, sur les femmes et la mode en France.

Pour garder intact l'émerveillement de la jeune serveuse, D.A. Madluck répondit du mieux qu'il le put, lui décrivant Paris, sa tour Eiffel, l'Arc de Triomphe, tous les petits bistros et les magasins de lingerie et de parfum. Il lui rappela cependant que cinq ans avaient passé depuis sa dernière visite là-bas et que celle-ci avait été des plus brèves.

— J'ai quelques photos sur ma moto, je vous les montrerai si vous voulez.

— Ce serait vraiment chic de votre part. J'espère pouvoir y aller un jour. J'aimerais être un de ces mannequins que l'on voit dans les magazines.

De beaux cheveux bruns à mi-dos, ce qu'il fallait où il le fallait, mais dans un corps un peu trop court pour ses rondeurs, non, elle ne serait jamais mannequin, mais comblerait bien des hommes, pensa-t-il en la détaillant discrètement.

— Je vous imagine plus en infirmière, mais il n'y a pas de mal à rêver; on ne sait jamais : la vie réserve bien des surprises.

Ce dernier commentaire interpella le tenancier de l'hôtel, que Madluck avait vu se rapprocher pour mieux écouter leur conversation.

— Les études, ça coûte affreusement cher, se renfrogna le quinquagénaire en réfléchissant.

— Dans l'armée, monsieur, ça se repaye en temps de service. Ou y'a toujours chez les nonnes, lui sourit D.A. en terminant son sandwich.

— Je ne veux pas l'envoyer chez les sœurs. Cathy prendra mari et me donnera trois ou quatre petits-enfants. J'espère d'ailleurs qu'elle trouvera bientôt…

— C'est votre fille ?! s'exclama l'ancien pilote, jouant la surprise.

Les traits figés, Cathy acquiesça.

— Elle a l'air jeune un brin pour les épousailles, non ? Quoique bien des demoiselles se marient en bas âge…

— J'ai presque 21 ans, m'sieur.

— Je vous donnais plus jeune. Vous n'avez pas encore trouvé votre galant chevalier ? Intéressant…

Le tenancier envoya un regard sévère en direction de Madluck, alors que le visage de Cathy s'illuminait, puis se renfrognait aussitôt.

— On ne peut rien trouver dans cette ville, commenta-t-elle avec une moue qui en disait long sur ce qu'elle pensait de son patelin.

— Rien trouver ? J'en suis moins sûr que vous, miss, lui lança Madluck avec un sourire en coin. Moins aurait suffi à la faire rougir. Bon, c'est le temps de la douche. Si vous auriez l'amabilité de me conduire à ma chambre…

— Avec plaisir, s'empressa Cathy en se rapprochant de lui. Vous savez, il y a une fête dansante ce soir, lui murmura-t-elle.

— J'avoue être un piètre danseur, lui répondit D.A. en la détaillant avec un peu plus d'attention. Mais j'y penserai. Je ramasse mes affaires à ma moto et je reviens. Je ne serai pas long.

— L'hôtel est calme, je vous attends, retourna-t-elle avec une joie à peine dissimulée.

Une voix dure brisa la conversation d'un trait.

— Cathy va à l'arrière, ordonna son père, je me charge du monsieur.

Le tenancier regardait Madluck avec un air sévère auquel s'ajoutait une pointe de colère. Cathy fusilla son paternel du regard, mais lui obéit. Le motard ne prêta pas attention à la scène et se dirigea vers la porte de sortie. Il allait passer celle-ci quand une femme entra rapidement et le percuta.

La nouvelle venue portait ses cheveux brun orangé en un chignon serré. Quelques mèches rebelles encadraient ses yeux aux couleurs de sa blouse, un bleu tirant sur le gris. Elle ne portait qu'un chapelet comme bijou. Madluck et la jeune femme s'excusèrent en même temps. Les lèvres pleines de la femme se fendirent d'un sourire, éclairant les traits d'un visage doux, mais déterminé. L'homme la laissa passer et se retourna pour mieux l'apprécier tandis qu'elle entrait dans l'hôtel. Il entendit le tenancier accueillir la femme en tant que sœur Borchardt. Sur quoi, Madluck fit une moue : quel gâchis… Il continua vers sa moto, ramassa son fourre-tout et retourna à l'intérieur.

La sœur sirotait une limonade, silencieuse à sa table. Il s'approcha du comptoir, où le père de Cathy l'attendait.

— Excusez-moi, ma chambre et la douche, monsieur.

—Tenez, voici la clé. Les douches sont à l'extrémité du corridor. Vous devriez trouver rapidement.

— Merci. Me donneriez-vous la permission d'accompagner votre fille à la danse ce soir ? Si elle y consent, bien sûr.

—Et que ferait-elle avec vous, sinon se remplir la tête d'idées stupides ? Elle n'est pas pour vous. Je vous défends bien de l'approcher pour autre chose que la bouffe qu'elle prépare et sert !

—Comme vous voudrez, mais, même si nous ne sommes pas au Ritz, ni au Grand Hôtel, votre fille, elle, avait la décence de vouloir me reconduire, rétorqua Madluck en prenant sa clé. Si elle m'approche là-bas, je n'ai nullement l'intention de m'en sauver.

Il détestait se faire dicter sa conduite, et l'attitude du tenancier l'agaçait. La sœur l'observait, plutôt intriguée.

– Hé ! De quel droit pensez-vous… l'interpella le tenancier.

– Ah, ta gueule ! Vous pensez vraiment lui trouver un mari avec votre attitude ? J'ai fait le gentleman en vous demandant poliment d'escorter votre fille à une soirée dansante. Un simple « non » aurait suffi. Pardon, ma sœur.

Madluck tourna les talons et monta l'escalier sous le regard abasourdi de tous, laissés sans voix.

\*\*\*

Sous le soleil couchant d'août 1928, la journée s'achevait. Lavé, frais rasé et peigné, Madluck fumait assis sur le lit, adossé au mur. Un simple secrétaire complétait l'aménagement de sa chambre.

Les religieuses qui l'avaient envoyé ici pour vérifier si sœur Géraldine Borchardt était saine et sauve avaient eu l'air des plus inquiètes pour elle. Qu'est-ce qui avait bien pu les énerver de cette façon? Elle paraissait très bien portante et nullement en danger. Un détail le narguait cependant sans qu'il puisse mettre le doigt dessus. Sœur Borchardt ne semblait pas à sa place ici. Et puis, où étaient passés tous les symboles religieux? Même la sœur ne portait pas son uniforme complet. Seul le chapelet l'identifiait comme religieuse. Depuis son arrivée, il n'avait vu aucun crucifix ou bible dans tout l'hôtel. Avec amertume, il souffla sa bouffée de cigarette. Un coup à sa porte lui fit tourner la tête.

— Qui est là?

— Sœur Borchardt. Puis-je vous parler, monsieur?

Les bruits causés par l'empressement de Madluck lui tirèrent un sourire amusé. Lorsqu'il ouvrit, elle lut l'appréciation de sa féminité dans les yeux gris-vert de l'homme.

— L'espace est exigu, mais vous pouvez entrer, dit-il en lui tirant la seule chaise disponible.

Elle s'y assit. Le grand châtain roux, une fois changé, avait plutôt fière allure. Elle en oubliait presque son apparence rustre et dure de l'après-midi.

— Je serai brève. Quittez la ville avant minuit. Il en va de votre vie.

Madluck lui fit un sourire canaille, incrédule.

— Vous me demandez de me sauver de quel danger, ma sœur? À part le fait que je devrais passer en confession pour avoir alimenté des pensées coupables à propos d'une sœur, je n'en vois aucun. Vous êtes une réelle beauté, complimenta-t-il.

Il vit que son franc-parler avait flatté la sœur qui souriait malgré ses vœux. Elle se surprit à hésiter à lui mentionner qu'elle travaillait pour la congrégation comme infirmière et qu'elle n'avait pas encore pris le voile. Le couvent et la sainte mère semblaient avoir gardé ce secret même face à lui.

— Vous êtes charmeur, monsieur ?

— Madluck.

— C'est votre vrai nom ?

— D.A. Madluck est le nom que j'utilise depuis 1916, ma sœur. Ou du moins, c'est ainsi qu'on me nommait dans l'aviation.

— Vous étiez un volontaire américain ? J'ai servi comme infirmière à la toute fin du conflit.

— J'ai survécu à un bombardement et à un crash d'avion. La saloperie a cessé de voler lorsque j'atteignais l'altitude opérationnelle. Pardon pour le choix de mots. Je me suis disloqué une épaule et cassé une jambe. J'ai aussi eu le tympan défoncé à droite à cause d'un canon qui a explosé. Ils m'ont rapatrié après ça.

À l'extérieur, un jazz rythmé débuta, pénétrant à l'intérieur par la fenêtre ouverte. Madluck tourna le regard dans cette direction.

-M'écouterez-vous ? Quitterez-vous cette ville ? s'enquit-elle en se levant et en faisant un pas vers la porte.

— Je quitterais ce lit confortable et ce toit qui

ne coule pas pour aller dormir quelque part dans la nature seulement si je m'emmerdais à mourir, non pas parce qu'une religieuse m'aurait dit qu'un danger me guettait… la nargua-t-il en levant les yeux. Mais, je suis d'accord pour vous escorter où vous voulez ce soir. Même hors de cette ville.

– Soit, les voies du Seigneur sont impénétrables, et je ne puis décider pour vous. Dieu vous garde de tout malheur, dit-elle en se signant.

Madluck sentit un souffle lui caresser le visage, comme si le geste de la sœur avait suscité une réaction du Divin. Il chassa l'impression bizarre de son esprit et enfila son veston de cuir sur lequel était cousu à l'épaule une cocarde représentant un squelette tenant une faux : l'emblème de la 13e escadrille américaine en Europe. À la suite de quoi, il tendit son bras à la sœur, qui, avec un soupir, s'y appuya.

Ensemble, ils descendirent au rez-de-chaussée et sortirent de l'hôtel déserté. Traversant la rue, ils se dirigèrent vers le kiosque de musique du parc où un quintette à canotier jouait. Madluck eut l'impression que le village au complet s'y était rassemblé. Plusieurs personnes vinrent parler à sœur Géraldine Borchardt, saluant poliment au passage Madluck, qui se concentrait plutôt sur la musique que sur les gens qui dansaient devant lui.

Se frayant un chemin à travers les danseurs, Cathy lui apparut, tout excitée de le voir.

— Vous êtes venu ! Comment trouvez-vous ça ?

— Bien, c'est très bien.

— Vous voulez danser ?

— J'ai dit danser mal, et votre père me ficherait dehors de l'hôtel s'il me voyait.

— Je vous croyais plus téméraire.

— Il est vrai que je n'ai pas grand-chose à perdre, miss. Guidez-moi, j'essaierai de ne pas trop vous écrabouiller les orteils.

— Je ne vous crois pas si gauche, rétorqua Cathy en l'entraînant par la main avec insistance.

Cathy mena la danse, et Madluck la suivit

tant bien que mal. Ricanant d'une maladresse, il leva les yeux et remarqua qu'un cercle s'était formé autour d'eux. Les regards posés sur lui rappelaient ceux d'une meute de loups encerclant une proie. Il perdit son sourire et arrêta net de danser. Cathy tourna les yeux vers les autres et baissa la tête, honteuse. Elle se recula d'un pas.

— Vous n'êtes pas des nôtres, vous ne pouvez pas être avec cette femme, lui cria-t-on tandis que la foule acquiesçait.

— Semblerait-il que notre couple ne fasse pas l'affaire ici, désolé, s'excusa-t-il à la jeune femme. Vous êtes tous consanguins ou quoi ? On repassera pour l'hospitalité de la campagne.

Madluck baisa la main moite de Cathy et recula d'un pas pour regagner l'hôtel. Il n'alla pas bien loin. Sa main resta emprisonnée dans celle de Cathy qui le retenait. Il tourna son regard vers elle. Elle était au bord des larmes.

— Emmenez-moi avec vous, s'il vous plaît, l'implora-t-elle.

Il sentit sa détresse et en fut retourné. Elle lui parut bien fragile. Un groupe d'hommes habillés de toges couleur terre apparut et attrapa Cathy, l'entraînant à travers la foule, dans la direction opposée à Madluck. Une demi-douzaine d'autres citoyens, vêtus du même accoutrement, se mirent à le pousser vers l'hôtel, les séparant. Cathy hurla et se débattit.

– Ils vont me donner au dieu ! Aidez-moi ! Au secours ! eut-elle le temps de crier avant de se faire bâillonner.

Voilà, la nonne avait eu raison, et son intuition ne l'avait pas trahi en fin de compte. Il commença à repousser ses opposants pour aller à la res-cousse de la jeune serveuse. On lui barra le chemin. Le cerveau de Madluck enclencha le mode combat. Il tenta de se frayer un passage à travers la marée humaine, donnant du coude, des poings et des genoux, faisant pleuvoir une avalanche de coups sur ses adversaires qui tom-baient, mais dont le nombre était sans cesse renouvelé. Submergé, il finit par s'écrouler.

À moitié assommé, menotté, on le ramena à sa chambre d'hôtel, juste au moment où un autobus de voyageurs s'arrêtait devant le bâtiment.

— Que se passe-t-il avec cet homme ? questionna un des passagers en voyant la situation.

— C'est ainsi qu'on traite les ivrognes dans notre village !

— Vous allez le regretter ! tempêta Madluck. Mes enfants de chie…

Un coup à la tête lui fit faire « le voile noir ».

# Chapitre 2

D.A. Madluck reprit conscience. Un puissant mal de tête l'assaillait. Attaché à son lit, il pouvait à peine bouger. La base du lit à tubes de métal était bien trop solide pour qu'il la brise. Sous le faible éclairage de la lampe laissée allumée tout près, il trouva un lien moins serré et se mit en devoir de le dénouer. Il était sûr de finir sans doute sacrifié comme Cathy à un dieu ou une religion qui, de toute évidence, n'était pas catholique. Un bruit à la fenêtre lui fit tourner la tête dans cette direction. Il cligna des yeux pour chasser les élancements causés par sa blessure au crâne et son mouvement trop rapide.

Il vit des souliers plats surmontés d'une jupe qui descendaient du toit et tentaient tant bien que mal d'atteindre le rebord de la fenêtre à guillotine. Deux mains s'agrippèrent au châssis; l'une prit position pour le maintien, et l'autre remonta tant bien que mal la section mobile. Quelques instants plus tard, sœur Géraldine Borchardt, en sueur, se trouvait dans la pièce avec lui. La lame d'un couteau à ressort jaillit lorsqu'elle s'avança vers lui. Elle coupa d'abord les cordes qui entravaient les pieds de Madluck. Puis, se penchant pour atteindre les liens du poignet le plus éloigné, elle lui mit sa poitrine en pleine figure. Il put sentir la fragrance enchanteresse qui parfumait le corps de la femme. Une fois les liens sectionnés, sans un mot, elle ausculta la tête de D.A.

— Ça va aller, ma sœur, c'est juste une bonne bosse; j'ai la tête dure.

— Dans bien des sens, en effet. Je me suis mise en danger en venant vous libérer. S'ils remarquent mon absence de l'église à cette heure, ils me chercheront, et sans doute penseront-ils à vous.

— Mais, bon Dieu, qu'est-ce qui se passe ici?

— Un village d'illuminés qui vouent un culte à une entité dont je ne connais la provenance. Ils lui offrent des sacrifices humains. N'avez-vous pas remarqué qu'il n'y a pas d'enfants dans le village ?

— Maintenant que vous le mentionnez, si.

— J'ai assisté à plusieurs cérémonies, impuissante à les empêcher. Ma foi en Dieu est trop forte pour me laisser tenter par leur entité. Ils n'ont pas réussi à me convertir et me laissent tranquille pour l'instant, car je peux panser leurs blessures et guérir les maux que leur dieu ne peut soigner. Mais je ne suis pas libre. Depuis des mois, je vois ces sacrifices odieux et j'en suis écœurée. Faites-moi sortir d'ici, s'il vous plaît.

— Pourquoi ne pas avoir quitté le village et alerté la police ?

— Je suis prisonnière ici. On filtre mes lettres et téléphones. Les accès au village sont gardés par des sentinelles embusquées. Vous auriez pu entrer et sortir, car vous êtes de l'extérieur. Maintenant que vous savez, vous allez mourir sacrifié avec les gens de l'autobus pour assouvir la soif de sang du dieu et l'amener à déposer sa semence en Cathy, qui a été désignée.

— Vous voulez dire que leur dieu a une forme physique ?

— Oui. Ses enfants, une quarantaine de mutants, sont nés de jeunes femmes du village qui ont été sacrifiées dans ce but depuis je ne sais combien de temps. Seuls les mutants et l'entité ont le privilège de toucher aux femmes qui n'ont pas déjà eu d'enfants. Il commence donc à manquer de jeunes gens pour nourrir le dieu, alors ils importent de la viande fraîche par autobus de villages isolés.

— Vous n'êtes pas beaucoup plus vieille que Cathy, pourquoi pas vous ? Vous êtes une proie potentielle. Vous êtes nonne, mais bon, je m'y laisserais tenter.

— On ne prononce pas toutes des vœux pour les mêmes raisons, confia-t-elle, posant les mains sur son ventre inconsciemment.

— Pardon, je ne voulais pas réveiller votre passé, ma sœur, s'excusa-t-il mal à l'aise.

Sœur Borchardt leva la main, lui signifiant de ne pas insister.

— Alors, on y va ? Vous me sortez d'ici

avant que je ne vire complètement dingue ? demanda-t-elle soudainement empressée.

Madluck ramassa son fourre-tout et sortit ses armes sous le regard surpris de la sœur. Sur le dessus du secrétaire, il posa deux gros revolvers, deux poignards à lame large, des barillets supplémentaires, un pistolet à deux coups, deux grenades, trois boîtes de balles et une demi-douzaine de couteaux de jet. Tout en s'allumant une cigarette coincée entre ses lèvres, il lui tendit un objet métallique ayant l'air d'un hochet pour enfant.

— Tenez, il y a cinq coups à l'intérieur. Vous prenez le canon entre l'index et le majeur. En fermant le poing, le coup part.

— Que suis-je censée faire avec ça ?

— Vous défendre. C'est discret et, à courte distance, mortel.

— Je suis une sœur, monsieur Madluck.

— Et depuis quand Dieu nous a-t-il empêchés de nous défendre ?

— Il nous dit : « Tu ne tueras pas. »

— Pardon, ma sœur, mais Dieu n'a jamais eu

un boche qui lui tirait dessus, ou un Fokker qui le pourchassait dans les nuages. Et n'a-t-il pas tué tout le monde à part Noé parce qu'il en avait plein le cul de la stupidité humaine ?

— Êtes-vous en train de dire que vous vous préparez à leur faire la guerre ?

Elle cacha le pistolet hochet dans une des poches de sa jupe.

— Tenez, emportez ça aussi, des fois que vous y prendriez goût…

Il lui donna aussi un minuscule pistolet à deux coups. D'un geste lent, elle prit l'arme, remonta sa jupe et le glissa dans son bas de soie retenu par une jarretelle.

— Et si Dieu jouait *fair-play*, il ne garderait pas d'aussi belles jambes pour lui seul, ricana D.A. zieutant le galbe dévoilé, tout en vérifiant le mécanisme de ses revolvers.

Musclée et effilée, la cuisse de la sœur ne se comparait à aucune autre dans les souvenirs de Madluck. Il bloqua la gifle avant qu'elle ne l'atteigne.

— Tut, tut, tut, ma sœur, pas de violence

gratuite !

- C'était pour votre blasphème, lui répondit-elle.

- Je vous demande pardon, s'excusa-t-il. J'avoue que c'était déplacé, mais vous voyez tout l'effet que votre présence me fait. J'en perds mes manières.

La sœur sentit qu'il était sincère et se calma.

— En contrepartie, vous devez comprendre qu'il veuille les garder pour lui.

Madluck faillit éclater de rire, mais il se contenta de lui envoyer un clin d'œil. Il roula ses manches et attrapa son ceinturon à pistolets. La sœur posa sa main avec douceur sur son bras couvert de cicatrices, ce qui l'arrêta dans son mouvement.

— Bon Dieu, qu'est-il arrivé à votre bras ?

— Fouet barbelé et lame de rasoir. Un seul coup, mais ç'a pris un temps fou à guérir. Une messe noire que j'ai interrompue.

Elle le regarda avec sérieux.

— Je croyais que vous vous prépariez à nous faire sortir.

— Oui, mais avant, Cathy a besoin d'aide, et tous les voyageurs aussi.

— Vous l'aimez ?

— Pas le moins du monde, mais elle est dans un sale pétrin et m'a demandé de l'aider. Votre couvent m'a envoyé ici pour vous sortir d'un problème, mais en mon âme et conscience, je ne peux pas vous sortir et la laisser ici. De plus, si je peux empêcher que cette saloperie d'entité étende son pouvoir ailleurs, c'est rendre service à tous et à Dieu, en un sens.

— Vous êtes cinglé ! Ils sont plus de six cents !

Madluck termina de s'équiper en silence et se planta devant sœur Borchardt.

— Croyez-vous vraiment que nous puissions sortir d'ici sans tuer quelqu'un ?

— Euh… non, malheureusement, balbutia-t-elle.

— Si ce dieu prend des dizaines de vies régulièrement depuis belle lurette, qu'on tue six cents de ses adeptes égalisera le compte. Autre chose : si j'élimine l'entité, je suis certain que les habitants seront libérés de son emprise, et, dans ce cas, je n'aurai pas à tuer tout le monde.

— Et si vous mouriez, mes chances de survie mourraient avec vous…

— Soyez pas négative. Puis-je vous demander quelque chose ?

— Si c'est dans la mesure de mes capacités…

— Bénissez-moi et mes armes.

— Vous n'êtes pas sérieux ? s'exclama-t-elle, n'en croyant pas ses oreilles.

— Vous êtes plus proche de Dieu que moi, alors… Allez, on n'a pas toute la nuit.

Madluck s'agenouilla devant elle et baissa la tête. Ébahie, elle posa la main sur ses cheveux et pria en le signant de la croix. Le même souffle que la fois précédente caressa le visage de Madluck. Pour un peu, il eût cru voir un éclat divin entourer la femme.

— Maintenant, je sais que nous allons nous en sortir.

— Vous êtes un homme bizarre.

— C'est tout mon charme. Allez, venez, on passe par où vous êtes entrée.

***

Les deux grimpèrent sur le toit de l'hôtel et le traversèrent dans l'obscurité nocturne pour avoir une vue de la place publique où les gens s'attroupaient devant le kiosque.

— Comment se déroulera la cérémonie ?

— Les accès au village seront fermés. Ils chanteront leurs chansons, et Cathy sera installée sur le kiosque de musique, entravée, les jambes ouvertes. Les passagers du bus, drogués, seront offerts à l'entité comme sacrifice, expliqua-t-elle en jetant un œil à sa montre de gousset.

— Finalement, j'aurais dû me payer une partie de jambes en l'air avec Cathy, ça lui aurait été salutaire…

— Seulement si vous l'aviez mise enceinte…

— Comment savent-ils si la femme a été enceinte ? Je veux dire : c'est pas écrit dans le front ce genre de choses.

— C'est la créature qui le détermine…

Les traits de Madluck se durcirent sous l'effet de la colère, furieux que cette bande d'illuminés aient fait subir un tel affront à la femme sous Dieu.

— Baissez-vous, dit-elle en le tirant vers elle. Ils viennent chercher les sacrifiés.

Ils se retrouvèrent à plat ventre, à demi couchés l'un sur l'autre, cachés derrière la fausse façade constituant la devanture.

— Je vais avoir besoin de ma carabine... lui souffla Madluck le visage si près du sien qu'elle sentait son haleine sur son visage.

— Où est-elle ?

— Dans mon side-car, deux étages plus bas, lui murmura-t-il, entendant les voix des adeptes juste sous eux.

Doucement, il se glissa à ses côtés.

— Vous êtes trop belle et sentez trop bon pour être une religieuse...

Un boucan se fit entendre dans le bâtiment, et des cris fusèrent. On venait de découvrir sa chambre vide. Sœur Borchardt s'accroupit.

— Restez ici, je devrais être capable d'aller la chercher.

— Je viens de comprendre pourquoi vous

êtes si jolie : vous êtes un ange, et des ailes vont vous apparaître, rigola-t-il à voix basse, contemplant la femme.

Elle lui sourit, une chaleur dans le regard.

— Je vais finir par croire ce que vous dites.

— Que vous êtes un ange ou que vous êtes jolie ?

Elle ne répondit pas, se contentant d'un autre sourire. Elle se leva pour enjamber la fausse façade en saillie. S'agrippant au mât de l'enseigne de l'hôtel telle une acrobate, elle fit quelques manœuvres pour s'élancer dans le vide et s'agripper au poteau téléphonique, qu'elle descendit prestement, car déjà, un peu partout, des habitants s'affairaient à trouver le fuyard.

— Qu'est-ce que vous faites là ? lui cria une voix colérique lorsqu'on la vit sortir de l'ombre.

— Je voulais donner les derniers sacrements à vos victimes, pour que Dieu puisse garder leur âme malgré le sacrifice de leur corps.

— Retournez à votre église et à votre Dieu,

nous n'en avons rien à foutre.

— Si tels sont vos ordres.

La femme fit un pas de côté pour laisser passer des hommes portant un fardeau de corps drogués. Elle dégrafa la bâche du side-car sitôt qu'elle en eut la chance et repéra rapidement la carabine à travers le matériel de camping et de survie. Elle mit la main sur la crosse de l'arme et allait la sortir de son étui quand un hurlement lui fit faire volte-face.

Une douzaine de mutants, dont le père de Cathy, reconnaissables par leur teint livide, leur stature identique, et leurs mêmes cheveux noirs, sortirent de la maison de Cathy avec cette dernière qui tentait de se déprendre de leurs griffes. Sous la lune en son quart, leur peau luisait comme celle des grenouilles. Leurs iris et leurs pupilles avaient disparu pour ne laisser que deux yeux blanchâtres effrayants. Cathy implora la sœur de l'aider.

— Amenons la Borchardt avec nous. Qu'elle remplace l'homme jusqu'à ce qu'on le retrouve, commanda un des mutants.

— Votre père ne veut rien de moi, et vous le savez très bien.

— Ce n'est pas parce qu'il vous a épargné la dernière fois qu'il en sera toujours ainsi…

Paniquée, la sœur s'élança vers l'église. Madluck jura intérieurement, ayant entendu et vu la scène de son perchoir. Quatre des adeptes poursuivirent la sœur qui eut le temps, grâce à son avance, de refermer la porte derrière elle. Cathy, voyant le nombre de ses geôliers diminuer, devint molle et se laissa tomber au sol afin de se libérer. Elle réussit à s'échapper, ce qui lui permit de tenter sa chance à la course. Elle ne fit pas trois pas avant d'être rattrapée par les bras des mutants qui, telles des langues de batraciens, s'étirèrent et adhérèrent à ses vêtements et ses cheveux, refermant leur poigne sur ceux-ci.

Madluck assista impuissant à la scène, s'évertuant à garder son calme. Ce n'était pas encore le moment d'agir. Cathy, ayant cédé à la panique, se débattait en frappant tout ce qui bougeait autour d'elle. Un simple coup de poing de la part de l'un de ses assaillants assomma la jeune serveuse.

— Père sera heureux, elle a de l'énergie celle-là, commenta un des enfants du dieu.

***

Sœur Borchardt priait pour que le verrou et les portes de bois de l'église, épaisses et dures, tiennent bon. Tout en marchant vers l'autel, elle prit le pistolet hochet dans sa main et s'agenouilla devant la croix. Au même moment, les portes grincèrent sur leurs pentures. Elles céderaient sous peu.

— Pardonnez-moi, Seigneur, pour ce que je m'apprête à faire pour sauver ma peau. Je ne suis pas de la graine de martyr. J'ai fait ce que je pouvais pour sauver leur âme, je dois maintenant sauver la mienne. Puissiez-vous me le pardonner.

Elle se signa et se leva pour faire face à l'entrée de l'église. Les portes éclatèrent en morceaux, laissant deux assaillants s'engouffrer dans l'encadrement. Une balle quitta le pistolet hochet de sœur Borchardt et leur siffla aux oreilles. La détonation, amplifiée par l'écho de la chapelle, les arrêta net. Deux nouveaux adeptes surgirent et, galvanisés par la force du nombre, se ruèrent sur elle. La sœur fit feu dans leur direction à quatre reprises, en toucha deux et perdit deux tirs dans les boiseries. Les bras de ses ennemis se refermaient déjà sur elle.

Un instant, elle hésita à se servir du pistolet à deux coups pour en finir sur-le-champ. N'avait-elle pas déjà tenté la chose quand elle avait perdu l'enfant issu de son viol ? Puis, le visage de Madluck lui traversa l'esprit, et elle cessa de résister. L'homme était en vie : il ne laisserait pas Cathy à cette bête immonde, et il ne l'abandonnerait pas non plus.

Puisant sa force dans cet espoir, elle laissa tomber le pistolet vide et se laissa emporter sans résister. L'autre pourrait toujours servir plus tard.

# Chapitre 3

Les adorateurs, jubilant face aux sacrifices imminents, entouraient le kiosque de musique. En première ligne, les enfants de l'entité, drapés de leur toge cérémoniale, récitaient des vers dans une langue inconnue. Les autres gardaient le silence, les yeux fermés. Cathy, bâillonnée, les mains attachées à un banc de parc près du kiosque, tirait sur ses liens à s'en rompre les poignets pour se libérer. Tout près, les futurs sacrifiés chloroformés dormaient d'un sommeil sans rêves. Les quatre mutants escortant sœur Géraldine Borchardt, dont la démarche était calme, rejoignirent leurs frères, après l'avoir ficelée à une des pattes de l'autel sacrificiel.

Les deux femmes se regardèrent. L'attitude paisible et sereine de la sœur apaisa Cathy. Sœur Borchardt articula deux lettres : D.A. Un des mutants la gifla si violemment que son chignon se défit, laissant ses cheveux cascader en de longues boucles jusqu'à ses reins. Elle se passa la langue sur les lèvres pour en lécher le sang et fusilla l'homme du regard. Cathy lui sourit, l'espoir d'être délivrée ayant raison de sa peur.

Des adeptes prirent des manivelles et les enfilèrent dans des orifices à même le kiosque de musique. Ils les tournèrent tandis que la foule se mit à psalmodier en chœur, invoquant son dieu. Le plancher du kiosque commença à s'ouvrir comme le couvercle d'un piano.

Deux des enfants du dieu allèrent cueillir des sacrifiés. D'autres traînèrent Cathy sur l'autel cérémonial qui se révélait en fait une table d'examen gynécologique décorée de glyphes. Les pieds et les mains de la jeune serveuse y furent sanglés. Sans retenue, on cisailla le bas de sa robe et lui immobilisa les hanches pour éviter qu'elle ne se dérobe à l'étreinte.

Cathy sentit toute sa frayeur revenir en force. La sœur fut menottée à la tête de l'autel, que les sacrifiés inertes entouraient. Cathy se tourna vers Géraldine, qui lui rendit un regard calme, détaché. Elle puisa de la force dans cet échange, sachant pertinemment que la servante de Dieu s'était retrouvée elle aussi sur ce même autel, son intimité offerte aux yeux de tous. La sœur s'agenouilla, la tête près de celle de Cathy.

Une odeur acide leur parvint aux narines, et le dieu sortit de sa cache. Bien qu'elles l'eussent déjà vu plus d'une fois, les femmes firent les yeux ronds devant la monstruosité de la taille d'une locomotive qui s'avançait vers elles.

Des mandibules tressaillaient sous l'œil globuleux de la bête. Des appendices visqueux couleur chair plastifiée ondulaient, prêts à agripper tout ce qui passerait à leur portée. Il rampa jusqu'à son festin, ses tentacules avides de saisir ses proies. Un hybride d'humain et du monstre, un des fils, se dressa devant lui.

– Vois les offrandes que nous t'avons cueillies et apportées. Vois la chance que nous t'offrons d'agrandir la famille. Vois la possibilité d'anéantir la servante d'un autre tout en prenant plaisir…

Un coup de tonnerre retentit, et le crâne du fils éclata, projetant sa cervelle en tous sens.

— Vois comment tu vas brûler en enfer ! cria Madluck.

Sa carabine encore fumante, il lança une grenade incendiaire en direction du monstre. Celle-ci passa à un cheveu de la bête qui s'aplatit au sol pour l'esquiver. La grenade éclata contre le kiosque de musique, qui s'enflamma. L'ex-militaire n'avait pas attendu le résultat pour ouvrir le feu. Deux mutants gisaient déjà au sol tandis qu'il continuait à actionner le levier de sa carabine. Les adeptes figèrent sur place, ne comprenant pas ce qui se passait, incapables d'offrir la moindre réaction. Jamais auparavant la cérémonie n'avait été interrompue, et jamais ils n'avaient eu affaire à un enragé qui arrachait à chacun de ses tirs des pièces de viande grosses comme des poings des corps de leurs frères. Le coup suivant atteignit le soi-disant dieu. La balle creuse lui sectionna un tentacule, qui continua à se contorsionner au sol. Le monstre lança un sifflement strident. Les mutants fanatiques chargèrent Madluck. Les adeptes, saisissant que la mort rôdait à travers leur rang, s'éparpillèrent en courant.

Madluck lâcha la carabine qui resta à son épaule, retenue par une sangle. Il dégaina ses revolvers tout en se repliant vers l'école du village, derrière l'autel. Un autre de ses tirs atteignit le monstre, qui hurla et se tourna vers son repaire pour y trouver refuge. Le feu embrasant le kiosque de musique le fit changer d'idée.

Laissée sans surveillance, sœur Borchardt réussit à détacher un des liens qui retenaient Cathy. La jeune serveuse compléta le travail et sauta de l'autel, avant de se mettre à courir. Elle trébucha sur l'un des sacrifiés couchés au sol, encore plongés dans un sommeil artificiel, et s'affala. La sœur, seule et sans défense, se démenait avec ses liens en hurlant :

– CATHY !! Détachez-moi !! Le couteau ! Dans ma poche !

De nouveau sur pied, la serveuse revint

vers Géraldine et fouilla dans sa poche. Le pistolet à deux coups glissa du bas de soie jusqu'au sol. Cathy mit la main sur le couteau, lorsqu'un tentacule l'attrapa. La lame tinta au bout de son ressort, et la jeune femme frappa à l'aveuglette tout en tentant de se retenir à l'autel. Elle se blessa, mais coupa aussi le tentacule qui lâcha sa prise. Un hurlement de terreur retentit tout à coup. Une des sacrifiées s'était réveillée et venait de poser les yeux sur la bête.

Cathy cisailla les liens de sœur Borchardt. Derrière, la criarde obtint toute l'attention du dieu et reçut un jet de bave acide, ce qui mit fin à ses hurlements dans un gargouillis immonde. Quand le dieu reporta son regard sur les deux rébarbatives, elles étaient hors de portée de ses crachats et de ses tentacules. Le monstre, seul, s'offrit un festin des corps inertes des sacrifiés. Ses enfants et adeptes rapporteraient les fuyards.

***

Madluck atteignit l'école au pas de course avec quelques verges d'avance sur ses poursuivants mutants. Parvenu à l'intérieur, il dégoupilla une grenade, la posa sur le porche et plongea à l'abri de la déflagration. Se relevant d'un bond, il ouvrit la fenêtre d'une classe pour sauter à l'extérieur.

Il roula en touchant le sol, sauta les clôtures, se déplaçant d'une ombre à l'autre, et retourna vers le kiosque de musique. Du coin de l'œil, il perçut une silhouette qui pointait un tube vers lui; il plongea au sol tout en tirant. Une volée de plombs se perdit dans la haie au-dessus de sa position. Son tir atteignit le tireur embusqué, qui se remit à l'abri. Or, cet échange de coups de feu avait signalé sa position à ses adversaires. Armés, plusieurs adeptes surgirent de leur abri et convergèrent dans sa direction. La voie par laquelle il était venu lui était coupée. Il jura.

D.A. pénétra dans la maison la plus proche et rechargea ses armes. Il avait éliminé ou blessé au moins le deux tiers des enfants de l'entité.

Si la population de la ville s'en mêlait, la partie ne ferait que recommencer. Tout seul, il n'en viendrait pas à bout. Il se devait d'anéantir la chose pour briser soit l'envoûtement, soit leur moral. L'ex-militaire sortit de la maison pour entrer dans une autre et refit le même manège quelques fois pour déjouer ses ennemis. Sa chance tourna. Passant à travers un terrain, il se retrouva face à face avec une palissade impossible à surmonter. Il les entendit se rapprocher. Il trouva refuge dans la maison tout près, mais n'eut pas le temps d'en ressortir. Les portes furent enfoncées, il fit face et ouvrit le feu.

\*\*\*

Cathy et sœur Géraldine trouvèrent refuge dans le poste du shérif, désaffecté depuis longtemps. Fervent pratiquant, il avait toujours été contre le nouveau dieu. Le pauvre homme avait fait partie des premiers sacrifiés. Par la suite, les habitants avaient simplement verrouillé la porte et abandonné le bâtiment.

Les deux femmes entendirent les déflagrations et les cris des adeptes. Espionnant par la fenêtre, elles virent une maison se faire assaillir. Madluck était pris au piège !

Non loin, le monstre encourageait ses adeptes à combattre pour lui, les poussant de ses tentacules vers la maison. Cathy se mit à pleurer, désespérée, et se laissa choir dans une chaise chambranlante. La sœur l'accola. Le regard de Cathy était vide, toute énergie semblait avoir quitté son corps.

– Il ne s'en sortira pas, ils vont le tuer.

La sœur alla essuyer ses propres larmes dans un coin. Les hurlements des gens et les coups de feu emplissaient la nuit.

Le silence se fit.

Cathy se leva. Elle s'attendait à un cri triomphal et à voir la meute s'élancer à leur recherche. Un choc sourd sur le bureau derrière elle la fit sursauter et se retourner, mains sur le cœur, les yeux ronds. Sur le bureau, la sœur disposait les fusils du shérif restés dans leur support et retournait chercher les munitions.

— Aide-toi, et le ciel t'aidera. Si nous voulons la paix et que tous ces sacrifices s'arrêtent, il nous faut agir. Je jure sur la Bible que je ne les laisserai pas te prendre. Madluck est resté pour te sortir de là, pour nous délivrer de ce démon. Seul, il succombera, si ce n'est déjà fait.

— Mais, ma sœur... balbutia Cathy, n'en croyant pas ses oreilles.

— Tu restes ici, tu m'entends ?

— Ou... oui.

Un fusil de chasse en main et deux carabines en bandoulière, sœur Borchardt s'avança vers la porte. De nouvelles détonations se firent entendre. Elle se retourna vers Cathy. Un mince sourire se dessina sur les lèvres de la rouquine.

— Souhaite-moi bonne chance.

Cathy s'exécuta, sous le choc. Elle ne pouvait croire que la sœur puisse abandonner son naturel doux et aimant pour opter si résolument pour la violence.

***

Le combat de Madluck, qui n'avait pas encore baissé les bras, l'avait ramené vers l'hôtel, où la foule s'agglutinait sous l'œil globuleux du monstre parvenu à mi-chemin entre elle et le kiosque de musique.

Détachant le regard de la situation, les yeux bleu-gris de la sœur étudièrent les alentours. La station-service était près du kiosque de musique. L'incendie de ce dernier c'était éteint de lui-même aider par l'humidité de la nuit fraiche. Elle s'y dirigea, jouant des ombres comme D.A. l'avait fait un peu plus tôt. Parvenue à la pompe, elle étira le tuyau le plus près possible du terrier du dieu, puis revint allumer la pompe qui émit un « ding ! ».

Le monstre se tourna vers elle, son ouïe inhumaine ayant perçu le faible son à travers le vacarme du combat. La sœur guerrière était prête : le fusil de chasse cracha ses plombs. La salve atteignit la bête, qui fuit aussitôt pour se cacher derrière une maison.

Plusieurs adeptes firent volte-face, ils hésitèrent à attaquer, voyant la sœur armée qui marchait résolument vers eux. Un homme sortant sur le perron de l'hôtel cria : « On a eu l'enfant de salaud ! ». La sœur stupéfaite baissa son arme. Elle avait cru que D.A. survivrait pour la libérer. Quelques citoyens saisirent l'occasion et se précipitèrent sur la femme. Devant la réaction des villageois, le cœur de Géraldine Borchardt sortit de son abattement et s'embrasa de haine. L'arme à hauteur de hanche, elle se mit à tirer dans la masse de gens rassemblés. Elle actionnait le levier et tirait de nouveau sans broncher. Elle survivrait et leur ferait payer toutes leurs atrocités.

— Arrêtez ! hurla Cathy, qui arrivait en courant.

Tous s'immobilisèrent. La sœur garda les adeptes en joue, les larmes aux yeux. Lentement, elle entama un mouvement circulaire qui allait l'amener près de la moto de Madluck. Cathy s'avança à pas rapides vers son père, encore en vie. Elle le gifla avec force.

— Pour un dieu bidon, qui est de toute évidence mortel par tout son sang par terre, vous êtes en train d'exterminer le village au complet ! Cette chose cachée là-bas vous utilise à ses propres fins !!! Vous la nourrissez, vous lui donnez vos filles en pâture pour une progéniture qui les fait crever ! Qu'est-ce qu'elle vous a donné en échange ? RIEN ! Elle ne vous a même pas aidé à vaincre le soldat à l'intérieur de l'hôtel. Et là, vous vous en prenez à une infirmière religieuse ! Vous avez rendu cette sœur tellement dingue qu'elle utilise des armes contre vous. Ne voyez-vous donc pas ce qui se passe ? Vous auriez dû aider Madluck à chasser cette vermine.

— Tu ne sais pas de quoi tu parles. IL protège ce village depuis des générations. Nous sommes ses enfants, toi aussi, tu en fais partie. J'ai près de 150 ans, ma fille, et tu vivras aussi vieille, car Sealas est le dieu qui veille sur nos familles.

— Je vais plutôt crever en donnant naissance à… Cathy eut un frisson de dégoût.

— Certaines femmes ont survécu, l'encouragea-t-il.

— Personne n'a survécu ! Elles sont toutes mortes malades dans leur sang.

— Il y a certains sacrifices nécessaires, lui retourna son père.

Cathy voulut se sauver. Les bras de son père bondirent tels des tentacules et l'agrippèrent. Emprisonnée, Cathy ne pouvait plus rien faire. La sœur voulut tirer, mais la carabine s'enraya. Elle courut à perdre haleine et sema ses poursuivants.

— Laissez-la ! Finissons la cérémonie, elle n'aura d'autre choix que de se montrer, la faim et la soif la feront revenir, affirma le père de Cathy, qui déjà marchait vers l'autel où leur dieu les rejoignait. Personne ne peut quitter le village sans notre bon vouloir. Au pire, nous la traquerons ensuite.

Tous empruntèrent le chemin du kiosque de musique encore fumant, où la bête les attendait afin que le père offre sa fille en sacrifice.

— Si je dois me faire engrosser par cette

chose hideuse que vous prenez pour un dieu, laissez-moi au moins y aller de mon plein gré.

Le père relâcha sa prise, prêt à la rattraper si elle tentait de s'évader. Cathy s'avança face à la bête qui tendit son tentacule pour l'envelopper. Elle leva la main pour lui signifier d'attendre, puis elle se tourna et se dénuda. Se penchant pour déposer sa robe au sol, elle saisit discrètement l'arme tombée plus tôt du bas de soie de la sœur. Elle se retourna vers l'autel, camouflant l'arme minuscule dans sa paume. Elle regarda par-dessus la foule et vit la sœur au loin qui s'approchait à pas feutrés du side-car de Madluck.

Un tentacule vint frôler Cathy. Elle se mordit la lèvre et ferma les yeux. Elle repensa au motard, mort pour la sauver. Quand elle ouvrit les yeux à nouveau, elle fixa intensément sœur Géraldine. Le dieu la souleva pour la mener vers son appendice.

— Merci pour tous vos efforts, souffla-t-elle à l'intention de la sœur.

D'un geste rapide, Cathy braqua à sa tempe

le pistolet à deux coups et se fit éclater la tête. La bête lança le corps sans vie, grognant de rage. Sœur Borchardt appuya sur la détente du pistolet de fusée de détresse pris dans le side-car de la moto. Le projectile au phosphore atteignit le gazon imbibé d'essence autour du kiosque de musique, allumant un brasier qui engouffra tous les adeptes, leur dieu et ses enfants.

Sans ciller, sœur Borchardt les observa brûler et courir pour échapper aux flammes, entrant en collision les uns avec les autres. Elle tirait sur ceux qui parvenaient à se sortir de cet enfer, autant pour abréger leur souffrance que pour les abattre, envoyant quelques balles dans le monstre dès qu'elle en avait l'occasion. Quand la chaleur et l'odeur de chair brûlée furent trop fortes, elle recula tout en surveillant la scène. Sealas, fou de douleur, fonça dans son trou. Un geyser de flammes en sortit quand l'essence à l'intérieur s'alluma.

Le feu, purificateur, toujours alimenté en essence, finit par remonter le boyau jusqu'à la station-service qui, après avoir brûlé un certain temps, explosa.

Il ne resta que le grondement des flammes. Écœurée, à bout de nerfs, Géraldine Borchardt se mit à pleurer sans aucune retenue. Marchant vers l'hôtel, elle se retourna plusieurs fois, de peur que la bête ne ressorte du brasier pour la pourchasser.

Assise sur le perron de l'hôtel, face à l'incendie qui s'étendait aux maisons environnantes, elle continua à pleurer, son corps tressautant sous les impulsions nerveuses.

À la pointe du jour, elle disposa le pistolet de signalisation et ses armes dans le side-car. C'était fini.

— Monsieur D.A. Madluck, vous m'avez sortie de là. Merci, dit-elle, se parlant à elle-même. Dieu ait votre âme.

Puis, poussée par la curiosité et par le désir de le voir une dernière fois, même mort, elle entra dans l'hôtel. Elle avait l'intention de prier sur son corps, mais hoquetant de surprise devant l'amas de cadavres, elle vit D.A. assis sur un tabouret, les bras sur le comptoir, le front appuyé sur ceux-ci, les mains près de ses poignards. Sa chemise n'existait plus, ses pantalons étaient en loques. Couvert de sang des pieds à la tête, il ne bougeait pas.

— Monsieur Madluck... sa voix était faible, chevrotante, car elle pensait que l'homme ne s'était relevé que pour mourir assis sur sa chaise, au bout de son sang. Monsieur Madluck, espéra-t-elle en s'approchant.

Le corps eut un spasme, et la tête se leva. L'ancien pilote tenta de se mettre debout, chancelant. Elle se précipita vers lui, et il lui tomba presque dans les bras, échappant les poignards qu'il tenait dans ses mains pour tenter de s'agripper au comptoir.

— Au cas où je ne survivrais pas jusqu'au soir, râla-t-il, sachez que vous êtes la plus belle femme que j'ai rencontrée, et que, si vous êtes encore en vie, c'est que Dieu a des projets pour vous. C'est dommage que vous soyez sœur. On aurait fait une belle équipe.

— Fermez-la et économisez votre souffle.

Je vais m'occuper de vous, vous verrez, vous serez vite guéri.

– Je peux vous retourner la faveur que vous m'avez demandée ?

– Laquelle ?

– Sortez-moi d'ici, s'il vous plaît.

Ce fut long, mais ils réussirent à gagner la clinique vétérinaire du village où la sœur soigna les multiples blessures de l'homme. Sa convalescence serait longue, mais il ne mourrait pas.

\*\*\*

Deux jours plus tard, Madluck put se lever et marcher par lui-même. Il n'était pas guéri, mais il tenait à mettre ce village loin dans ses rétroviseurs au plus tôt. Il se reposerait après.

Cigarette coincée entre ses lèvres, il ressortit de l'hôtel après y avoir récupéré ses armes et son veston de cuir. Il tendit une liasse de billets à la sœur.

– Vous avez pris l'argent dans la caisse de l'hôtel ?

D.A. acquiesça de la tête et le regretta, car des étoiles dansèrent devant ses yeux. Elle glissa l'argent dans son sac de voyage.

— Je vous dépose au couvent ? Ailleurs ?

— N'importe où, loin d'ici.

— Vous n'oubliez rien ?

— Franchement, j'aimerais autant tout oublier, mais, non, je n'oublie rien.

Sœur Borchardt prit place sur la moto, s'assoyant sur le siège, car le side-car avait été regarni par Madluck. Il vint la rejoindre, la poussant légèrement vers le réservoir, entre ses bras. Elle n'offrit aucune réticence. Il lança le moteur et mit les gaz.

# Biographie de l'auteur

Né à Shawinigan, Gilbert Thiffault vit à Carignan, près de Chambly. Il écrit depuis l'enfance et puise son inspiration dans un parcours de vie plutôt trépidant et riche en expériences. Quand il n'est pas penché sur un crayon pour mettre en scène une nouvelle histoire, il partage son temps, entre autres, entre le maquettisme, la course et le rallye automobile. Son esprit est habité par un fil d'images en continu qui lui raconte des milliers d'aventures à travers lesquelles il extrait les mots qui lui permettent de partager son imaginaire.

# Remerciements

Merci à Jonathan Reynolds et à Luc Dagenais pour leur accompagnement en direction littéraire, à Geneviève, ma conjointe, pour son temps et sa patience, ainsi qu'à ma mère Jocelyne, mon beau-père Paul et mon frère Steve pour leur soutien.

Merci aussi à Guillaume Houle et aux Six Brumes de m'avoir permis de compléter le cycle d'un projet de création littéraire.

## Collection Les Six Brumes

1. *L'Aurore*, collectif, **recueil de nouvelles,** 2002
2. *Ombres*, Jonathan Reynolds, **roman fantastique,** 2002
3. *Mach Avel*, Simon St-Onge, **roman de fantasy,** 2002
4. *Les suppliciés*, Claude Messier, **roman policier,** 2003
5. *Équinoxe*, collectif, **recueil de nouvelles,** 2004
6. *Nocturne*, Jonathan Reynolds, **roman d'horreur,** 2005
7. *Alégracia et le Serpent d'Argent*, Dominic Bellavance,
   **roman de fantasy,** 2005
8. *Alégracia et les Xayiris, volume I*, Dominic Bellavance,
   **roman de fantasy,** 2006
9. *Alégracia et les Xayiris, volume II*, Dominic Bellavance,
   **roman de fantasy,** 2007
10. *Alégracia et le Dernier Assaut*, Dominic Bellavance,
    **roman de fantasy,** 2009
11. *Silencieuses*, Jonathan Reynolds, **recueil de nouvelles,** 2008
12. *Morphoses*, Mathieu Fortin, **nouvelles fantastiques,** 2010
13. *Noir Azur,* Dave Côté, **roman de science-fiction,** 2011


## Collection Frontières

1. *Résonances*, collectif, **recueil de nouvelles** de la MRC
   Drummond, 2007
2. *Enraciné*, Mathieu Fortin, **recueil de nouvelles** de la MRC
   Nicolet-Yamaska, 2012

## Collection Nova

1. *L'Ancienne Famille*, Michel J. Lévesque, **novella de fantasy,** 2007
2. *Erzébeth Bathory : comtesse sanglante*, Sophie Dabat, **novella de fantastique,** 2007
3. *Le Loup du Sanatorium*, Mathieu Fortin, **novella d'horreur,** 2008
4. *La Légende de McNeil*, Jonathan Reynolds, **novella de fantastique,** 2008
5. *Sintara et le scarabée de Mechaeom*, Dominic Bellavance, **novella de fantasy,** 2010
6. *L'Aquilon*, Carl Rocheleau, **novella de science-fiction,** 2010
7. *Kinderesser*, Marie Laporte, **novella de policier,** 2010
8. *Flyona*, Caroline Lacroix, **novella de science-fiction,** 2011
9. *Le Chasseur,* Geneviève Blouin, **novella de fantastique,** 2012
10. *Madluck,* Gilbert Thiffault, **novella de fiction,** 2013

## Collection SX2.0

1. *Le Sycomore,* Marki St-Germain, **nouvelle d'horreur,** 2011
2. *Sirrak,* Mélodie Roy, **nouvelle de fantasy,** 2012
3. *La Goule,* Pat Isabelle, **nouvelle d'horreur,** 2012

L'Imaginaire québécois et francophone
sur **www.sixbrumes.com** !

# MARQUIS

Québec, Canada

**RECYCLÉ**
Papier fait à partir
de matériaux recyclés
FSC® C103567

Imprimé sur du papier Enviro 100% postconsommation
traité sans chlore, accrédité ÉcoLogo et fait à partir de biogaz.

100%          PERMANENT